Happy of the End

Ogeretsu Tanaka

Inhalt

ep.01	005
ep.02	041
ep.03	073
ep.04	113
ep.05	151
ep.06	183

| Bonusstory | |
| favorite of ··· | 235 |

Inhalt

p.01	005
p.02	041
p.03	073
p.04	113
p.05	151
p.06	183

| Bonusstory | |
| favorite of ··· | 235 |

EH?!

EH?

LOS!
ERINNERE
DICH!

GESTERN
WAR ICH
DOCH...

GLÜCK-WUNSCH!

BAMMM

DU...

J... JETZT FÄLLT'S MIR WIEDER EIN...

DAS WÄR NICHT GUT. ICH REGLE DAS SCHON.

SST

HALLO? KAJI?

HOL MICH AB, OKAY? HM? NEIN... JA, GENAU... HINTERM SIX.

I... ICH WERD DICH ANZEIGEN!

ICH KANN... DER POLIZEI DEIN GESICHT BESCHREI...

HAB DICH VOR 'NEM HALBEN TAG HIER ABGELEGT.

BIN BAFF, DICH IMMER NOCH HIER LIEGEN ZU SEHEN.

ABER GOTT SEI DANK, DU LEBST!

AH, RICHTIG... DER KERL HAT MICH ZUSAMMENGE-SCHLAGEN...
... UND MICH DANN WIE MÜLL HIER ENTSORGT.
OB ER SICH NUR VERGEWISSERN WOLLTE, DASS ICH AUCH WIRKLICH TOT BIN?
WAS HAB ICH IHM ÜBERHAUPT GETAN?
MEIN MUND IST TOTAL AUSGE-TROCKNET...
DAS ALLES IST NUR SEINE SCHULD.
WEIL ER EINFACH SO GEHEIRATET HAT. DAMIT HAT ALLES ANGEFAN-GEN.
AB DA IST ALLES NUR NOCH SCHIEFGE-LAUFEN.
WIRD ER MICH JETZT UMBRIN-GEN?
ICH WILL NICHT STER-BEN.
ABER WENN ICH OHNEHIN STERBE, DANN...
QUIEE
HEY, KEITO!

BIS ZUM SCHLUSS HAB ICH IHN NICHT GEFRAGT.

... HAT ER MICH EINFACH FALLEN LASSEN?

WIESO...

WIESO...?

HAT ER MICH DENN NICHT GELIEBT?

WIESO HAT ER GEHEIRATET?

BLINK

WIESO...?

AH!

DU BIST WACH!

HM?

ÄH, OKAY...

SST

HIER.

TRINK ERST MAL WAS.

HÄ?!

WAS SOLL DAS HEI...?

HATTEST DU DICH NICHT VOR EINEM MONAT IN AZABUS APARTMENT EINGENISTET?

PUH...

HAH...

ÖHÖ...!

ES KAM RAUS, DASS DU DICH MIT 'NEM ANDEREN RUMGETRIEBEN HATTEST, UND ER WARF DICH RAUS.

ÄHM...

WOHER WEISST DU...?

DU HAST DAMALS SEINE KARTE GESTOHLEN, STIMMT'S?

SCHRECK

S... SEINE... KARTE...

NEIN.

AUSSER DER KREDITKARTE WAR DA NOCH SO EINE SCHWARZE...

D... DIE KREDIT-KARTE? DIE WURDE GLEICH GESPERRT!

ICH HAB SIE KAUM VERWENDET!

ICH HAB SIE EINFACH WEGGE-WORFEN!

... WAR SIE ABER NICHT, ALSO KONNTE ICH NICHTS DAMIT ANFANGEN.

ACH DIE... DIE HATTE ICH AUCH GEKLAUT, WEIL ICH DACHTE DAS SEI 'NE CENTURION*...

* Luxus-Kreditkarte von American Express.

IN 'NEN MÜLLEIMER BEI IR-GENDEINEM LADEN!

WEGGE-WORFEN? WO?

HAH...

TJA, DANN WERDEN WIR DIE WOHL NICHT WIEDERFINDEN, WAS?

EGAL, SAGST DU...?

JA. SORRY, DASS ICH DICH VER- PRÜGELT HAB.

JETZT VER- SCHWINDE.

ガ

ZUSCH

あっ

SCHLAF MIT MIR...

GNN

HEY...

VERDAMMT... DER HAT MICH JA MAL KRASS VERARSCHT... WIESO BIN ICH IMMER DER LOSER?

SIE HABEN MICH... ENTERBT...

... SEIT DIE WISSEN, DASS ICH SCHWUL BIN.

HICK

VERGISS ES, DA KANN ICH NICHT HIN...

OFFENBAR HAST DU DICH BISHER BEI DEINEN SEXPART- NERN EINGEZECKT.

UND DEINE ELTERN?

DU ARMER ...

HMM ...

GENAU! ICH BIN GANZ ARM!

HICK

JA, ER HAT KEIN ZUHAUSE UND ICH WERD IHN NICHT LOS.

EH?

IST DER TYP IMMER NOCH HIER?

HI!

KLACK

JA, ODER ?!

SPINNST DU? ICH HAB 'NE FREUNDIN.

HICK

SAG MAL... WOHNT IHR BEIDE ZUSAM- MEN?

HICK

DER KERL IST VÖLLIG DURCH, ER HAT SICH NICHT MEHR IM GRIFF.

HAB KEIN GELD, KEIN ZU- HAUSE...

... KEINEN LOVER, KEINE FAMILIE... ALLES SCHEISSE ...

VON WEGEN ...

HICK

HMMM... WAS ICH GESAGT HAB, WAR...

WAS HAST DU IHM GESAGT? HAST DU 'NE SZENE GEMACHT?!

BIST DU AUCH BETRUNKEN, KAJI?!

... »HERZLICHEN GLÜCKWUNSCH«...

WIE KONNTEST DU IHM NUR GRATULIEREN ?!

NA JA, ALSO...

WIESO, FRAGST DU...?

HÄ?! WIESO?!

MACHST DU WITZE?!

WENN MAN DEN MENSCHEN, DEN MAN LIEBT, SO GLÜCKLICH STRAHLEN SIEHT...

HEY ...!

HEY, NICHT PENNEN!

IST DOCH VÖLLIG KLAR...

... DASS MAN DAS SAGT...

ECHT JETZT ?!

HM...?
HAB ICH...
SCHON WIEDER
GESCHLAFEN...?

...

SIE SIND SCHON LOS, ALSO SEI VORSICHTIG...

... IST DOCH DAS EINZIGE...

BLINK

JA, SCHON KLAR...

... WAS MAN SAGEN KANN...

BESTIMMT SUCHEN SIE NACH DIR. LASS DIR VON MATSUKI HELFEN.

BIN VON MIR SELBST ERSTAUNT ...

ICH BIN IM HAUS DES KERLS, DER MICH K.O. GESCHLAGEN HAT...!

SCHON GUT, KEINE SORGE.

... „HERZLICHEN GLÜCKWUNSCH"...

PATAM

WIR MÜSSEN ZUSAMMEN-HALTEN. ALSO SAG BESCHEID, WENN WAS IST.

JA.

BIS DANN.

JA, ES GIBT DA AUCH EINE FILIALE.

DIE SIND AUCH KUNDEN.

HALLO?

?!

JA...

HÄ?

BWWW

JA, WENN ICH WELCHE ZUSAMMEN HAB, GEB ICH VIA LINE* BESCHEID... JA...

GEHEN WIR DOCH MAL WIEDER WAS ESSEN. ALSO DANN...

*Japanischer Messaging-Dienst.

ES GING UM MEINE ARBEIT... ALS SCOUT...

ABER NICHT ETWA FÜR BÜHNENKUNST, EHER ROTLICHTMILIEU, HOSTESSEN UND SO...

FSCHAA

ER HAT MIT MEINEM SPERMA IM MUND GESPRO-CHEN...

WA... WAS WAR DAS FÜR EIN ANRUF?

SPITT

NA UND?

DA IST JA SOGAR MEINE BESCHÄFTI-GUNG NOCH BESSER!

SCOUT? WAS FÜR EIN MIESER JOB!

DU VERDIENST ALSO DARAN, FRAUEN IN DIE PROSTITUTION ZU ZWINGEN?

WAS WAR DAS NUR...?

Kameralinsen
Tausch, An- und Verkauf
Neuware & Second Hand,
großer Lagerbestand

Shinjuku
Omiya

MEIN KOPF WURDE GANZ LEER UND ALS ICH WIEDER DENKEN KONNTE, HATTEN SICH MEINE BEINE SCHON IN BEWEGUNG GESETZT...

DA SAH ER MIR ZUM ERSTEN MAL IN DIE AUGEN.

Second Hand Abverkauf!

BIIIEP

ZUPP

DU DIEB!

BLEIB STEHEN!

... DASS ICH SO TIEF GESUNKEN BIN?

WESSEN SCHULD IST ES DENN...

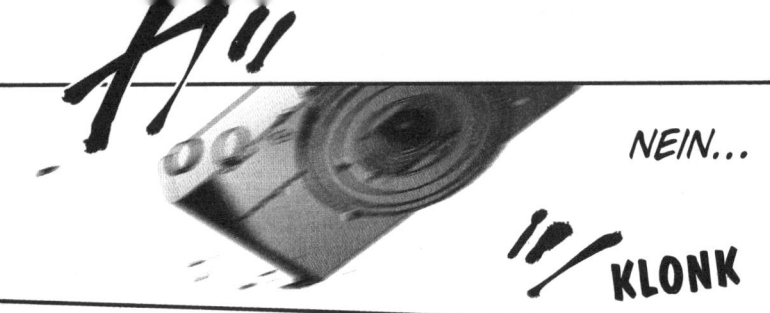

NEIN...

KLONK

IN WAHRHEIT IST MIR DAS KLAR...

NIEMAND TRÄGT DIE SCHULD DARAN.

... DEM ICH DIE SCHULD GEBEN KANN.

... ICH BRAUCHE EINFACH JEMANDEN...

... ABER...

OH
GOTT...

HEY!

HAB ICH
GRADE EIN
DÉJÀ-VU?

WIE
VOR
ZWEI
TAGEN,
MÜLL-
MANN!

FLEDDER

ep.02

ICH HAB MAL 'NEN FILM GESEHEN, DA HIESS ES:
"DAS LEBEN IST WIE EINE SCHACHTEL PRALINEN.
MAN WEISS NIE, WAS MAN KRIEGT."

ICH GEH MAL RAUS 'NEN KAFFEE TRINKEN.

HÄ?!

ÄHM... JAJA, BIN JA DABEI.

ZASA

ZASA

MACH HIER ENDLICH KLAR SCHIFF!

BIST DU IMMER NOCH NICHT MIT AUSPACKEN FERTIG?

ICH DENKE, DAS STIMMT. DENN STÄNDIG
PASSIEREN DINGE, BEI DENEN ICH MICH
WUNDER, WAS DAS SCHICKSAL SO FÜR
EINEN BEREITHÄLT... ABER...

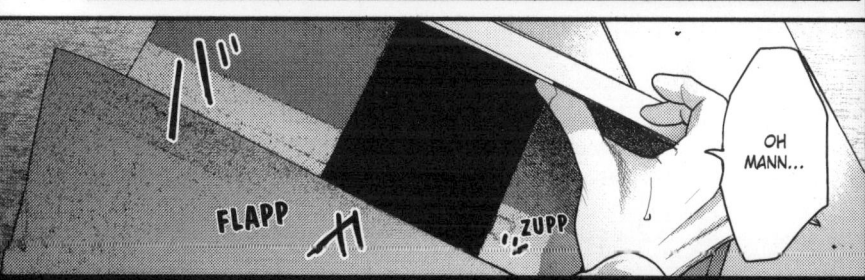

FLAPP

ZUPP

OH MANN...

... WAR MEIN LEBEN
EIGENTLICH JE EINE

NEIN.

FÜR MICH AUCH?

ES WAR SO VOLL, DASS ICH NUR KAFFEE ZUM MITNEHMEN GEKAUFT HAB.

...

ALS WIR UNS ZUM ZWEITEN MAL BEI DIESEM MÜLLPLATZ BEGEGNET SIND...

WENN DU NICHT VERHAFTET WERDEN WILLST, LASS MICH BEI DIR WOHNEN, BIS ICH WAS EIGENES GEFUNDEN HAB.

BZZZ

DIE SPUREN SIND NOCH SICHTBAR UND IM LOVEHOTEL GAB'S 'NE ÜBERWACHUNGSKAMERA!

... SAH ICH MEINE EINZIGE HOFFNUNG DARIN, IHM ZU DROHEN...

GEHT KLAR. DU KANNST BEI MIR WOHNEN.

ODER... ÄHM... DU... DU GIBST MIR GELD!

DU... DU HAST MIR GEWALT ANGETAN. ICH KÖNNTE DICH ANZEIGEN!

IM ERNST?

!

EH?

SUPER!

ACH JA...?

JA, ICH WOLLTE IMMER FOTOGRAF WERDEN.

FOTOGRAFIERST DU ETWA GERN, CHIHIRO?

ÄH?

ICH DARF EIN FOTO VON DIR MACHEN?!

DANN VERKNIPSEN WIR'S DOCH IRGEND...

IM ERNST! DANN LOS! GEHEN WIR!

ズ

WUPP

SHUNI-CHI...

... HAB ICH MICH IMMER NUR IN MÄNNER VERLIEBT.

SEIT ICH DENKEN KANN...

ALS MEINE ELTERN BEMERKTEN, WIE AUFFALLEND ENG ICH MIT JUNGS WAR...

... BRACHTEN SIE MICH INS KRANKENHAUS.

ES HIESS, ETWAS STIMME NICHT MIT MIR UND ICH MÜSSE GEHEILT WERDEN.

DA WURDE MIR SELBST BEWUSST, DASS ICH SCHWUL WAR.

... ALSO SPRACH ICH MIT NIEMANDEM.

ICH HATTE ANGST, ICH KÖNNTE IN DER SCHULE AUFFLIEGEN ...

„WAS AUCH KOMMEN MAG, DAS MUSS ICH MEIN LEBEN LANG GEHEIM HALTEN", DACHTE ICH.

... HÄTTE ICH MICH WOHL IN SIE VERLIEBT.

DENN HÄTTE ICH MIT JUNGS GESPROCHEN UND MICH ANGEFREUNDET ...

... BEVOR ICH MICH AUF DEN HEIMWEG MACHTE.

VON MIR, DEM STILLEN INTROVERTIERTEN, HAT SICH IMMER NUR SHUNICHI VERABSCHIEDET...

BIS DANN.

IM ZWEITEN JAHR DER OBERSCHULE WAREN WIR IN DERSELBEN KLASSE UND BIS ZUM ABSCHLUSS...

... BESCHRÄNKTE SICH UNSERE BEZIEHUNG NUR AUF DIESEN GRUSS.

BIS DANN ...

OBWOHL DA NICHTS WEITER WAR, VERLIEBTE ICH MICH IN SHUNICHI.

AUS LIEBE ZU SHUNICHI NAHM ICH DARAN TEIL.

... UND ICH WAR AUCH EINGELADEN.

KURZ NACH DEM ABSCHLUSS GAB ES EIN KLASSEN-TREFFEN...

ACH!

AM BESTEN GEHEN...

WAS SOLL ICH JETZT TUN...?

OKAY, ICH HAB TEILGE-NOMMEN, ABER KEIN WORT GESPROCHEN...

WER KOMMT NOCH MIT ZUM KARAOKE?

ICH!

ICH AUCH!

!

ACH ...

ÄHM...

HM?

DU GEHST SCHON?

KOMM!

«ENDLICH ERFÜLLT SICH MEINE LIEBESSEHN-SUCHT UND ICH HAB MEINEN ERSTEN FREUND...»

DAS DACHTE ICH DAMALS, ABER...

WIR SIND DANN NICHT ZUM KARAOKE GEGANGEN, SONDERN IN EIN LOVEHOTEL.

... DA WAR AUCH DIE GANZE ZEIT...

... DIESER ZWEIFEL, OB SHUNICHI MICH AUCH WIRKLICH LIEBT.

WENN WIR UNS NICHT TRAFEN, STARB ICH FAST VOR EINSAMKEIT.

WIR TRAFEN UNS IMMER NUR AN BESTIMMTEN WOCHENTA-GEN...

... UND ICH HATTE DAS GEFÜHL, DASS NUR ICH SO VERLIEBT WAR, ES FÜR IHN ABER AUCH NOCH ANDERE GAB.

ABER KAUM SAHEN WIR UNS, WAR ALLES WIEDER VERGESSEN.

... DASS ES...

LETZT-ENDLICH KAM RAUS...

WEIL ICH IN MEINEM LEBEN NIE WELCHE HABEN KANN...

KEINE FAMILIE UND SO...

HAH... MIR IST SAUKALT. GEHEN WIR...

JA.

NEIN, NEIN!

LINS じぃっ

柏木
kashiwagi

KLAR DENK ICH DAS.

„WAS MACH ICH HIER BLOSS?" ... DAS DENKST DU GRADE, ODER?

...

KOMMT SELTEN VOR, DASS WEDER MEIN BRUDER NOCH MEINE ELTERN ZU HAUSE SIND...

UND WIE!

WIESO SPIEL ICH HIER KINDERMÄD-CHEN? DU BIST KEIN KLEINER JUNGE MEHR.

WAS IST MIT DEM HERZRASEN? SPÜRST DU'S SCHON?

DOMP

OKAY, VERGISS ES...

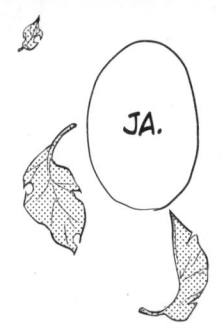

JA.

WIESO?

WAHR-SCHEIN-LICH.

GEHST DU MORGEN ARBEITEN?

... WEISS ICH NICHT, WORAN ICH DENKEN SOLL.

FUUUH

WENN ICH ALLEIN BIN...

... UND ICH WILL NUR NOCH STERBEN...

WENN ICH DANN VOR MICH HINSTARRE, KOMMEN MIR NUR SCHLIMME ERINNERUNGEN...

HM...?

ES WIRD DIR GUTTUN, AN NICHTS ZU DENKEN.

DANN LASS UNS SEX HABEN.

DU HAST SELBST GESAGT, DASS DU SEX WILLST.

AH!

EH?

SCHON, ABER...

HEY...

UWAH!

ep.03

DA SIND JA KEITO UND SEINE MUTTER.

HM? ACH...

KAJI... SIEH MAL...

SEINE MUTTER ?!

JEDENFALLS NIMMT SIE GELD VON IHM...

KEINE AHNUNG, OB SIE WIRKLICH SEINE MUTTER IST.

SIE TREFFEN SICH HIER JEDES WOCHENENDE ZUR GELDÜBERGABE.

SIE TUT WOHL NUR SO, ALS WÜRDE SIE WAS FÜR KEITO EMPFINDEN.

...

UND JETZT ARBEITET SIE ALS STRASSENNUTTE.

NA JA, SIE IST STÄNDIG ZUGEDRÖHNT UND WIRR IM KOPF.

DAFÜR IST SIE BEKANNT...

HM...?

HEY, WAS PACKST DU DA ALLES IN DEN KORB?

NEIN.

SAG BLOSS, DU HAST DAS NOCH NIE GEMACHT?

SO BILLIG IST ES, SELBST ZU KOCHEN?

SO VIEL ESSEN WIR NICHT.

LEG DAS ZURÜCK.

SÜSSIGKEITEN!

IST DAS SCHWER!

RASCHEL

HAAAH...

OKAY...

WAS HÄTTEST DU GERN?

EGAL, EINFACH IRGENDWAS...

WOLLEN WIR SECOND-HAND-DVDS KAUFEN? DIE KÖNNTEN WIR DANN IM BETT GUCKEN.

AH...

ACH WAS...

DU HAST ZU VIELE SNACKS GEKAUFT! WARTE!

KOALA

DU BIST ZU FRÜH GEKOMMEN, CHIHIRO.

... ÜBER-HAUPT ECHT SIND.

ICH...

* Schokopilze.

ICH SUCH MIR BLOSS RAUS, WAS MIR SCHMECKT.

QUATSCH... DU HAST NUR ZU LANGE GE-BRAUCHT!

HEY, STOCHER NICHT IN ALLEM RUM!

WAS SOLL DAS HEISSEN?

AH!

HAH...

REISOMELETT.

DA FÄLLT MIR EIN...

WAS WÜRDEST DU MORGEN GERN ESSEN?

REIS-OMELETT? WIE EIN SCHUL-JUNGE!

ABER KANNST DU HABEN, DAS GEHT EINFACH.

CHIHIRO
...

...

KOMMT NICHT WIEDER VOR.

SCHON KLAR.

DONK

GUTEN APPETIT.

ISS ENDLICH.

WOHER AUCH?

...

...

STILLE

...

...

...

DA IST KEIN KETCHUP DRAUF.

TSCHACK

ER HAT DEN SCHINKEN AUFGEGESSEN!

DABEI WOLLTE ICH DEN ZUM KOCHEN VERWENDEN...

HAH... KEITO, DIESER MISTKERL...

HMMM...

ES DAUERT NOCH, BIS KEITO HEIMKOMMT.

UND KAJI IST HEUTE AUCH BESCHÄFTIGT.

FRI [金]
1
8 *Doppelte Punkte*
15
22
23

ACH, NÄCHSTE WOCHE GIBT'S DOPPELTE PUNKTE...

VIELLEICHT GEH ICH EINFACH SPAZIEREN...

HAH ...

WAS JETZT...?

HAH ...

... DIE HIER ÜBER...

ZIEHEN SIE ERST MAL...

HAH ...

HAH ...

OB ICH EINEN RETTUNGSWAGEN RUFEN SOLLTE?

ABER SIE KANN MIR WOHL KAUM SAGEN, WO SIE WOHNT...

SOLL ICH SIE NACH HAUSE BEGLEITEN?

ICH HAB MEIN HANDY NICHT DABEI...

CHIHIRO?

KEITO!

WER IST DAS?

SCHON GUT...

TUT MIR LEID WEGEN DES ÄRGERS...

EH...?

DER BESITZER DES LADENS, IN DEM SIE MAL GEARBEITET HAT.

KEINE AHNUNG, WAS DIE FÜR EINE BEZIEHUNG HABEN, ABER...

HM?

HAH...

BIN HUNDEMÜDE, AB NACH HAUSE...

OH, SORRY...

ICH MUSS NOCH WAS ERLEDIGEN, GEH SCHON MAL VOR.

ICH WEISS GAR NICHT, WELCHEN SCHINKEN ICH KAUFEN SOLL.

ACH, DA FÄLLT MIR EIN...

カサ
KRUSCH

HM ...?

カサ

WAS?

KRUSCH

カサ
KRUSCH

NEIN.

KEITO?

HAH
...

SIE
MÜSSTE
HIER
IRGENDWO
SEIN...

SO
EIN DING
WÜRDE
BESTIMMT
NIEMAND
MITNEHMEN.

AH!

ICH WILL STERBEN...

LINE PAY** BITTE.

SCHINKEN UND KONDOME...

... 1.350 YEN*...

ÄHM... DAS MACHT...

HAH HAH

EXTRA FEUCHT

QUALITÄT AUS JAPAN
0.01 MILLIMETER

GRAPP

KANN ICH SCHON MAL RAUS?

NEIN.

BIEP

HAH!

** Digitale Zahlmethode.

* Ca. 10,50 Euro.

NEI...

ZUCK

AH!

MGH...

SUCK

... ZIEH ES MIR ÜBER, CHIHIRO.

NOCH NICHT KOMMEN, JA? LOS...

UH...

KISS

KISS

KISS

HAH

KISS

MH...

DAS MACHST DU GUT.

SLICK

SLICK

RUBB

RUBB

MGH!
MH...
MH...
DRIPP
MH...
HAH
...
NGHHH...
UH...
KISS
KISS
MH...
NGH!
MH!
PAMM
UH...
MH...
BEB
PAMM
HAH!
SLCK
HAAAH...
HAH...
PUSH
ROMP
AH!
AH!
ZUCK
AHHH... OH NEIN...
ICH... KOMM...
... GLEI...
ZUCK
AH!
UH... WIE GEIL...
AH HA...
HAH ...
HAH...
AH...
BEB
ZUCK
ZUCK
HA HA HA...
WIR HÄTTEN NOCH 'NE SCHACHTEL KAUFEN SOLLEN...

... von der Arbeit Buckelige, von Schande Gebeugte, all diese Menschen folgten ihm...

Hinter ihm war eine lange Schlange... Behinderte...

Salome

Auch solche, die ihn verspottet hatten...

NA JA...

ACH...

GEHT SO...

FINDEST DU DAS INTERESSANT?

... FÜR DEINE HILFE HEUTE.

DANKE...

SIE STAMMT AUS CHINA.

ACH ...

ABER MEINER MUTTER.

NEIN.

HM? DIR HAB ICH DOCH GAR NICHT GEHOLFEN.

SIE HAT IM ROTLICHTMILIEU GEARBEITET.

DIESE SCHWARZE KARTE...

ALS ICH 15 WAR, SUCHTE ICH MIR EINEN JOB.

... ABER DANN PASSIERTE SO EINIGES UND ES KAM ZUR TRENNUNG.

ICH WAR WOHL DAS KIND EINES IHRER FREIER. ER LEBTE ZEHN JAHRE MIT MEINER MUTTER ZUSAMMEN...

... lässt seine Sonne aufgehen über Gut und Böse ...

Selig die Armen im Geiste, denn ihrer ist das Himmelreich...

UM ES EINFACH ZU SAGEN...

ES GEHT DABEI UM ORGANISIERTE PROSTITUTION MINDERJÄHRIGER.

SIE IST EIN MITGLIEDS-AUSWEIS.

IM ERNST?

!

ER IST DICK IM IMMOBILIENGESCHÄFT, WIR HABEN IMMER NOCH KONTAKT.

DIESER MATSUKI, BEI DEM DU DICH EINGENISTET HATTEST, WAR AUCH EIN KUNDE VON MIR.

JEDENFALLS BIN ICH DORT GELANDET UND HAB FÜR DIE GEARBEITET.

PFF...

DER AUFTRAG WAR ABER NICHT, MICH MIT EINEM DILDO K. O. ZU SCHLAGEN...

DESHALB HAT ER AUCH MICH GEBETEN, DICH AUSFINDIG ZU MACHEN.

JA...

DANN KENNST DU IHN ALSO SCHON ZIEMLICH LANGE...

LACH NICHT!

EINEN ANDEREN HÄTTE ER DAMIT NICHT BETRAUEN KÖNNEN.

... KOMMT ALSO AUS CHINA?

DEINE MUTTER...

HM?

ICH HEISSE NICHT KEITO.

HAOREN.

DAS IST MEIN RICHTIGER NAME.

Happy of
the End

Happy of the End

ep.04

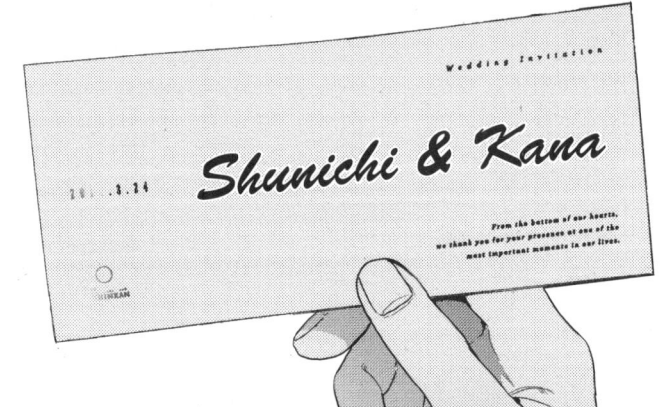

Wedding Invitation

Shunichi & Kana

20..4.14

From the bottom of our hearts,
we thank you for your presence at one of the
most important moments in our lives.

ÜBER SO WAS...

WIESO...?

WIESO...?

WIESO...?

...KANN MAN DOCH EIGENTLICH NUR LACHEN...

SOLL DAS EIN WITZ SEIN?

ep.04

WAR KLAR.

JA, DIE GANZE ETAGE GEHÖRTE IHM.

WIESO HAT ER DICH RAUS-GEWORFEN? ECHT SCHADE DRUM.

DU BAUST ECHT NUR MIST, WAS?

NA JA...

UND ICH MOCHTE SPIEL-AUTOMATEN...

ICH WAR UNTREU.

MATSUKI KAM EBEN FAST NIE NACH HAUSE.

WAS MACHT KAJI HIER?

ICH SASS IMMER NUR ALLEIN IN MEINEM ZIMMER.

WOHIN...

...HÄTTE DAS FÜHREN SOLLEN?

WAS MACHT DER KERL NUR FÜR SACHEN?

FLAPP

...

ZZZ ...

ZZZ ...

ZZZ ...

TACK

TACK

ER HAT SICH AUS LINE NICHT AUSGELOGGT.

CHIHIRO IST SO EIN IDIOT.

!

TACK

...

TACK

WIR HABEN JA KEINE BEZIEHUNG.

UND ER SIEHT DAS WOHL AUCH SO.

SOLL ICH SHUNICHI MORGEN FRAGEN...

... OBWOHL ER...

...WIESO ER...

... GEHEIRATET HAT...

... IN WAHRHEIT...

... DOCH IN MICH...?

KEINE AHNUNG.

FRAG MICH NICHT.

ER WÄR SICHER GERN ESSEN GEGANGEN...

WAS VERSCHAFFT MIR DIE EHRE DIESER EINLADUNG?

UND WO IST CHIHIRO HEUTE?

LA DI DA♪

JAWOHL! YAKINIKU* AUF DEINE KOSTEN!

* Gegrilltes Fleisch.

HUCH...

ER HAT ÜBLE LAUNE...

ALS ICH HEUTE MORGEN AUFGEWACHT BIN, WAR ER NICHT DA.

TAPP

HEY! WO WILLST DU HIN?

DAS TREFFEN MIT SEINEM EX IST ALSO HEUTE...

IST DAS NICHT CHIHIRO?

NICHT DOCH! WIR HATTEN UNS DOCH FÜR FLEISCH ENTSCHIEDEN!

HÄ?!

ICH HAB PLÖTZLICH LUST AUF FISCH.

DU SOLLTEST DAS LIEBER SEIN LASSEN...

IDIOT! HEY!

MOTZ NICHT RUM! WENN DU UNBEDINGT FLEISCH WILLST, DANN GEH ALLEIN ESSEN!

IST ECHT LANGE HER... HAST DU AB-GENOMMEN?

ACH, IST MIR EGAL.

WAS TRINKST DU, KEITO?

ACH... NA JA...

EIN WENIG VIELLEICHT...

EINE FLASCHE BIER BITTE.

...ALS WERTLOS EMPFAND.

... LEB WOHL.

ALSO DANN, SHUNICHI ...

UND ICH HATTE MICH SO AUF GRILLFLEISCH GEFREUT...

WAS SOLL DAS HEISSEN ?!

EH ...?!

HAOREN!

WOLLEST DU NICHT MIT IHM DUSCHEN GEHEN?

FRAGT SICH, WAS BESSER IST... MÜLL ZU SEIN ODER EINE SEXPUPPE...

ep.05

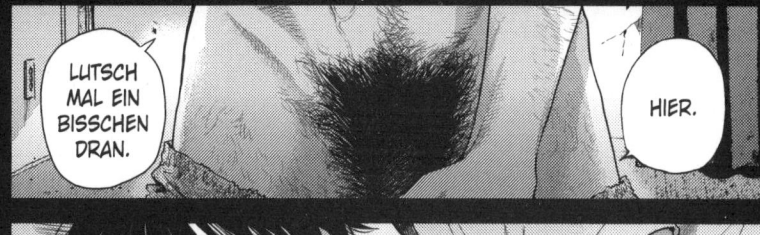

LUTSCH MAL EIN BISSCHEN DRAN.

HIER.

... VON AUSSEN SEHEN.

ICH KANN MICH IMMER...

RAUS HIER!

WAS TUST DU DA!? DU BIST DAS ALLERLETZTE!!

... UND TRAURIG.

ICH SEHE MICH SELBST... HOFFNUNGSLOS...

ICH HAB IHN IMMER VOR MIR...

MUTTER...

ep.05

KACHI ...KLICK

KLICK

KACHI ...KLICK

BIRKS SCHRRT

UWAH!

HALLO...

NEIN...!

WARUM SO SCHRECK-HAFT?

UND SELBST WENN...

CHATTEST DU SCHON WIEDER MIT IRGEND-WELCHEN KERLEN?

KLACK

GRMPF

... WÄR DAS JA WOHL AUCH OKAY!

NICHTS,
ALLES
OKAY...

ICH MUSS
NUR MAL
KURZ EINEN
JOBANRUF
MACHEN...

HAO-
REN...?

WAS
IST?

...?

VERSTEHE
...

chm...

DA
KOMMEN
VON
HAOREN
WIEDER
BLÖDE
KOMMEN-
TARE...

HAB
WOHL ZU
VIEL ALK
GEKAUFT...

AH,
MIST!

SAU-
SCHWER!

HAH
...

!

EHEMALIG...?

?

EIGENTLICH...

... SOLLTEST DU DICH FREUEN.

ES GIBT EINEN HOLZBODEN.

HIER KÖNNEN WIR EIN BETT HINSTELLEN.

WORAUF HAST DU LUST?

ZUR FEIER DES TAGES?

ICH HAB HUNGER. WOLLEN WIR WAS ESSEN GEHEN?

AUF CHINE- SISCH!

NA JA, IN ERSTER LINIE ZUM SCHLAFEN.

FÜR GUTEN SEX.

STRAHL

SUPER!

IM ERNST?!

HE... NA GUT.

GEHEN WIR!

RED. ANMERKUNG: *TRIGGERWARNUNG* ANGEDEUTETE DARSTELLUNG DER PROSTITUTION EINES MINDERJÄHRIGEN AUF DEN NÄCHSTEN 3 SEITEN.

... HAOREN.

WEIL SIE EBEN MEINE MUTTER IST.

ALLES GUTE...

MUTTER...

DU FEHLST MIR...

MUTTER...

... MUTTER...

BADEN

PATSCH

AU...

FSCHAA

JA.

SORRY ...

ICH HAB SCHON EINEN ANDEREN JOB IN AUSSICHT.

DANN KÖNNTEST DU JA MEIN SCHOSS-HÜNDCHEN WERDEN.

HAYATO, DU HAST DOCH BESTIMMT GENUG VON DIESEM JOB, ODER?

ETWA IN DEM SM-KLUB, DEN MAYA ÜBERNOMMEN HAT?

IST OFFENBAR EHER EIN VIP-LADEN, ABER...

... ICH DENKE, DU DÜRFTEST REIN, MATSUKI.

MAG SEIN, ABER...

DA PASSE ICH LIEBER.

... SM IST NICHT SO MEIN DING.

... UND SCHMECKT NACH NICHTS.

GANZ SCHÖN VIEL...

ALSO ISS NICHTS ANDERES, JA?

UND DIE ALTE BESCHWERT SICH, WENN ES NICHT SCHNEEWEISS IST.

EGAL, DU KOTZT ES SOWIESO SPÄTER WIEDER AUS.

NICHT GANZ.

ACH, IST DEIN AUGE SCHON VERHEILT?

WAS IST DAS NUR?

DAS GEHÖRT EBEN DAZU.

UNANGENEHME DINGE WIE SCHMERZ UND EKEL KONNTE ICH MEISTENS ERTRAGEN.

BIST DOCH AUCH SO SCHON EIN ARMER HUND.

WIESO HEILT ES SO LANGSAM?

HAH ...

HAH ...

HÖR AUF DAMIT!

Hayato? Wo bist du?

... HAH ...

Hörst du? Ich bin's!

STARR MICH NICHT SO AN!

Ja! Sag mir, wo du bist!

MA-TSUKI ...

HAH ...

Maya ist wegen Drogen und ihrem Laden verhaftet worden...

SUUUH

...

DEN ATTRAKTIVEN MANN LEUGNEST DU ABER NICHT, WAS?

LEIDEN-SCHAFTLICH WAR ICH NIE.

AUF HOSTLOVE* WIRST DU ALS ATTRAKTIVER, LEIDENSCHAFT-LICHER MANN BESCHRIEBEN.

GEHT SO...

HAST DU DICH AN DIE ARBEIT GEWÖHNT?

ZIGARETTE?

JA...

* Jap. Chat-App.

WO WILLST DU HIN?

KEITO?

HEY!

ジャ ZRSCH

HÄ...?

MUTTER ...

WAH!

TAPP

FIND ICH AUCH...

...HAOREN...

JA...

WEIL ES EIN NAME IST, DEN ICH LEICHT AUSSPRECHEN KANN, DARUM!

TSE!

HM...?

IST ABER DOCH EIN SCHÖNER GRUND, ODER?

DAS IST SICHER NICHT DER GRUND!

WAS REDEST DU NUR?

HM...

H" RAUN

RAUN

H" RAUN

WAS IST DA VORNE LOS?

...

VIEL-
LEICHT...

... HÄTTE
ICH DOCH
BESSER
REISBREI
GEMACHT.

... SONST
BRICHST DU
NOCH ZU-
SAMMEN...

ep.06

HAOREN...
DU MUSST
ORDENTLICH
ESSEN...

ICH WILL
NICHTS.

*SEIT
JENEM
TAG IST
HAOREN
IN DIESEM
ZUSTAND.*

ER ZIEHT SICH STÄNDIG IN SEIN ZIMMER ZURÜCK...

... UND REDET KAUM NOCH.

ER WILL NICHT ESSEN UND GEHT AUCH NICHT ZUR ARBEIT.

HEY...

DU SOLLTEST EIN WENIG...

FASS MICH NICHT AN.

ep.06

SCHICK MIR DANN AUF LINE DIE JOBDETAILS.

ALSO ...

... HAB ICH'S AUF-GEGEBEN.

DANKE FÜR DEINE HILFE. ALSO DANN...

EH? JA... MACH ICH...

JA...

...

„... EINFACH AUSZIEHEN...''

ÄH... HEY! DU KÖNNTEST ZUM SCHLAFEN WENIGSTENS DEN FUTON RAUSHOLEN.

HALLO ...

ガチャ

SCHRRT!

KAUER

HEY...

HAOREN...

BIBBER

BIBBER

JAWOHL.

ALLES LÄUFT WIE GEPLANT. GEHT JETZT ZU DEN EUCH ZUGETEILTEN TISCHEN.

ALSO DANN, LEUTE...

ZEIGT GUTE LAUNE! MOTIVATION! LÄCHELT!

JAWOHL!

OPEN

ÜBERNIMM BITTE DEN TISCH AN DER FENSTERSEITE.

DU BIST GROSS UND SIEHST GUT AUS.

JA...

KASHIWAGI, RICHTIG?

EIN FREUND VON KAJI?

GUTEN ABEND.

ICH BIN HEUTE IHRE BEDIENUNG...

WA...?

BRUDER
...

ES TUT MIR FURCHTBAR LEID!

DAS IST WIRK-LICH...

MEIN HERR? WAS IST PASSIERT?

HAB ICH NICHT VOR, DU IDIOT.

... WEIL DU DICH MIT EINEM GAST GEPRÜGELT HAST?

DU BIST GEFEUERT WORDEN...

VERGISS SIE EINFACH SO SCHNELL WIE MÖGLICH.

UND LASS DICH NICHT WIEDER MIT EINER AUS DER SZENE EIN.

WAS WEISST DU SCHON VON NORMALER LIEBE?

HÄ?

DU BIST DOCH SCHWUL... UND KEITO AUCH.

BEI MIR IST DAS NICHT SO EINFACH WIE BEI EUCH.

IHR STELLT...

... KEINE BESITZAN-SPRÜCHE ANEINANDER, DARUM KÖNNT IHR AUCH ZUSAMMEN SEIN...

STIMMT... SORRY...

TSE!

HACH... VERDAMMT! ICH MUSS LOS...

...

HM?

KLINK

JETZT
IST DIE
KETTE
SCHON
WIEDER
GERISSEN...

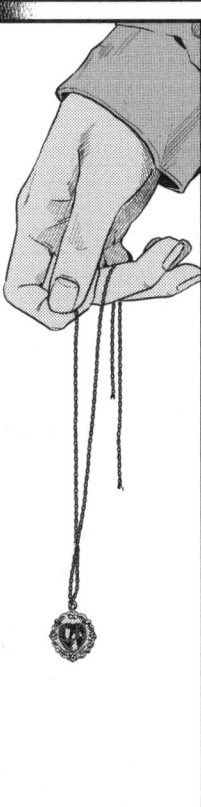

HIER HAT
MUTTER ALSO
GEWOHNT...

JA,
BEVOR
WIR NACH
SHINJUKU
KAMEN, WAREN
IMMER KATZEN
UM UNS.

SO
VIELE
KATZEN!

WENN
ICH RYU-KUN
HEIRATE, WÜRDE
ICH GERN WIEDER
DAHIN ZURÜCK.

...Shira-
su
Don*
probie-
ren...

Und
heute
wollen
wir
erü...

DIE
GEGEND IST
ABER BERGIG
UND DAHER
MANCHMAL
BESCHWERLICH.

ES GIBT
DORT AUCH
EIN AQUARI-
ENHAUS.

* Kleine Sardinen auf Reis.

... UND SHIRASU DON ESSEN...

... MIT DEN KATZEN SPIELEN...

INS AQUARI-ENHAUS GEHEN...

... WENN DU MITKOMMEN KÖNNTEST!

ES WÄRE TOLL...

HE...

KUHU ...

HACH ...

HE...

SCHRRT

HM...? HALLO...

DU BIST JA WACH, HAOREN.

IM ERNST?

ACH, ABER WIR HABEN GAR NICHTS DA...

KLAR, ICH HAB HUNGER.

UM DIESE ZEIT?

LASS UNS WAS ESSEN GEHEN...

WARUM NICHT? DU MUSST MAL RAUS!

... UND NACHHER NOCH WAS UNTERNEH-MEN!

KRIEE

KRIEE

KRIEE

KRIEE

KLASSE, ODER?

WIR HABEN ALLES FÜR UNS!

KRIEE

WÄR SCHLECHT, WENN WIR REINFALLEN...

KRIEE

KRIEE

HEY...

WOBBEL

GATTANG

HEY! DAS IST GEFÄHRLICH!

JA...

WERDEN WIR ABER NICHT.

ALSO VORSICHT...

ICH WILL
STERBEN...

* Jap. Kinderlied, wörtl. „Der Bär im Wald"

* Auszüge aus der ersten Zeile: „Eines Tages, im Wald, traf ich einen kleinen Bär"

DU BIST
SCHULD.

ABER DU
WECKST
ERWARTUN-
GEN...

VIELLEICHT
KÖNNTE ICH
EINFACH SO
WEITERLEBEN
UND
GLÜCKLICH
WERDEN.

ES TUT
SO WEH,
CHIHIRO.

...

HA HA HA!

ES TUT MIR LEID!

VERBEUG

IRKS

HM?

DARAUF TRINKEN WIR JETZT ERST MAL!

WAS REDET IHR DA?

UH...

ICH HAB DIR AUCH ÄRGER GEMACHT, SORRY.

ACH... DAS HIER IST WIE EINE VERSÖHNUNG UNTER SCHULJUNGS, FINDE ICH...

ACH, NA JA...

CHIHIRO, SAG SCHON! WORUM GING ES DA GRADE?

REDEN WIR BEI EINEM DRINK DARÜBER...

GNN

Fortsetzung folgt

Bonusstory favorite of...

HAOREN, SAG MAL...

WELCHE ART VON TYPEN HAST DU FRÜHER GEDATET?

HM... BETRIEBSGE-HEIMNIS.

JA.

MIT »DATEN« MEINST DU DA LIEBESBE-ZIEHUNG?

WÜRDE MICH EINFACH INTERESSIE-REN.

ACH... NUR SO...

HM? WIE KOMMST DU PLÖTZLICH DARAUF?

KRIEE

HÄ?!

DU BIST KEIN BETRIEB!

EHER SCHLICHT... UND WIE IST DEIN GESCHMACK BEI JUNGS?

CHINESISCHE KÜCHE UND NABE*.

WAS ISST DU AM LIEBSTEN?

DANN ERZÄHL MIR DOCH AUCH WAS VON DIR.

*Eintopfgericht.

MEIN GESICHT...

TJA, ALSO...

B... BEI JUNGS...

... DAS MAGST DU DOCH, ODER?

PFFF

BEI UNSERER ERSTEN BEGEGNUNG HAST DU MICH VOLL ANGEFLIRTET.

PLÖTZLICH SO SCHÜCHTERN?

NICK

K... KLAR TU ICH DAS...

WENN HAOREN GEIL IST…
… LACHT ER IMMER…
HM…? WAS IST?
NICHTS…
DU LÜGST… DU LÄSST DIR ZEIT!
KRIEE
TU ICH NICHT!
KRIEE
HAH…
HA HA HA…
PUSH
KRIEE
KRIEE
PUSH
NGAH…!
AH! ♡
PUSH
KRIEE
INTER-ESSANT…
DAS BLEIBT MEIN GEHEIMNIS!

EGMONT

www.egmont-manga.de
facebook.com/EgmontManga
instagram.com/EgmontManga
twitter.com/EgmontManga

Boys Love

Reibun Ike
HEISSE NÄCHTE, KALTER STAHL

Schutzgelderpressung, Auftragsmorde, Drogenschmuggel: Alles kein Problem für den selbstbewussten Yakuza Kabu. Nun soll er seinen Vater an der Spitze der Umezaki Familie beerben und die Führung übernehmen. Doch Kabu fühlt sich wohl in seiner bisherigen Position und mit Nirasawa an seiner Seite, der ihm seit Jahren treuergeben ist – bis dieser plötzlich ins Visier der Verhandlungen um die Erbfolge gerät...

Heiße Nächte, kalter Stahl
Band 1 ISBN 978-3-7704-2724-6
€ 7,50 [D]

MANGA
漫画

EGMONT

EGMONT

www.egmont-manga.de
facebook.com/EgmontManga
instagram.com/EgmontManga
twitter.com/EgmontManga

Hitsuji Sakura
PASSION DRAWING

Daiki ist Zeichner und hat eine Vorliebe für Männerkörper. Als sich der athletische Yusuke bereit erklärt, für ihn zu posieren, ist er kaum zu bremsen. Und der intime Moment, in dem Daiki Yusukes fast nackten Körper mit Blicken und Händen studiert hat, bleibt beiden in Erinnerung. Warum war diese Situation nur so aufregend?

Passion Drawing
Einzelband ISBN 978-3-7704-2655-3
€ 7,50 [D]

MANGA
漫画
EGMONT

EGMONT

www.egmont-manga.de
 facebook.com/EgmontManga
 instagram.com/EgmontManga
 twitter.com/EgmontManga

Muno
BOYS AFTER DARK

Nach einigen missglückten Beziehungen mit Frauen beschleicht Akashi das Gefühl, dass er vielleicht doch auf Männer steht. Als er zufällig erfährt, dass sein gutaussehender Kommilitone Yagi angeblich schwul sei, spricht er ihn aus Neugier direkt an. Was er nicht erwartet hat: Yagi begrüßt ihn mit einem innigen Kuss! Ist das eine angenehme Verwechslung oder kommt Akashi tatsächlich so gut beim gleichen Geschlecht an?

Boys after Dark
Einzelband ISBN 978-3-7704-2715-4
€ 7,50 [D]

MANGA
漫画

EGMONT

EGMONT

www.egmont-manga.de
 facebook.com/EgmontManga
 instagram.com/EgmontManga
 twitter.com/EgmontManga

Boys Love

Shizuku Namie | Touko Sunahara | Minagi Asaoka
DAILY KANON

Shizuku Namie
Touko Sunahara
Minagi Asaoka

Sumikazu stammt von einer wohlhabenden Adelsfamilie ab und muss sich keine Gedanken ums Geld machen. Als er beschließt, endlich auszuziehen, soll Kanon, die Haushaltshilfe, mit ihm kommen.

Doch Sumikazus Gefühle für Kanon gehen tiefer. Wie wird Kanon wohl darauf reagieren, wenn er von den Gefühlen seines Herrn erfährt? Oder empfindet er sogar ähnlich?

Daily Kanon
Einzelband ISBN 978-3-7704-2696-6
€ 7,50 [D]

MANGA

EGMONT

EGMONT

www.egmont-manga.de
 facebook.com/EgmontManga
 instagram.com/EgmontManga
 twitter.com/EgmontManga

Miso Umeda
DIE STADT IN DEINEN FARBEN

Der Musterschüler Yoshiyuki und der offene Chiba sind schon seit ihrer Kindheit befreundet. Allerdings empfindet Yoshiyuki mehr für seinen beliebten Klassenkamerad, hat aber nicht vor, ihm seine Gefühle zu offenbaren. Erst als feststeht, dass sich ihre Wege nach dem Highschool-Abschluss trennen, gerät er ins Zweifeln…

Die Stadt in deinen Farben
Einzelband ISBN 978-3-7704-2853-3
€ 7,50 [D]

www.egmont-manga.de

EGMONT

EGMONT

www.egmont-manga.de
facebook.com/EgmontManga
instagram.com/EgmontManga
twitter.com/EgmontManga

Boys Love

Saku Hiro
NOE67

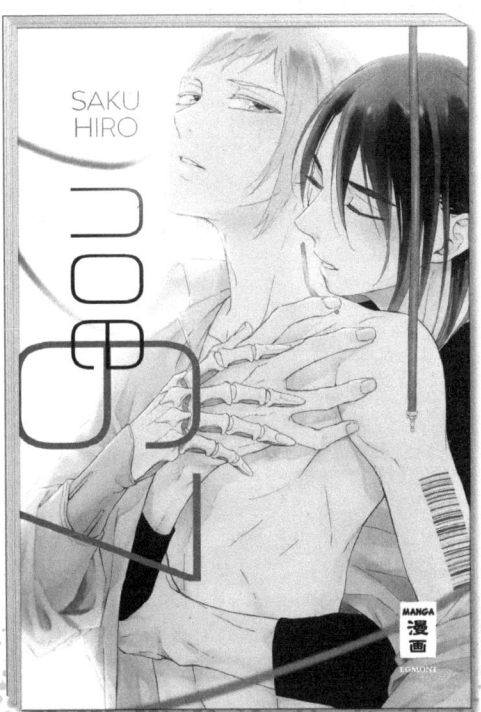

Als der Mechaniker Saga im Schrott nach brauchbaren Teilen sucht, findet er einen bildschönen Androiden. Er ist fest entschlossen, ihn zu behalten und zum Laufen zu bringen – doch das hat Folgen. Denn schnell stellt sich heraus, dass der Android nicht nur ein Modell längst vergangener Tage ist… Er ist auch darauf programmiert, besondere Bedürfnisse zu befriedigen.

Eine wundervolle Geschichte über die romantische Beziehung zwischen einem Mechaniker und einem Androiden.

noe67
Einzelband ISBN 978-3-7704-2854-0
€ 7,50 [D]

MANGA
漫画

EGMONT

EGMONT

www.egmont-manga.de
facebook.com/EgmontManga
instagram.com/EgmontManga
twitter.com/EgmontManga

Boys Love

Waku Okuda
ANTI ALPHA

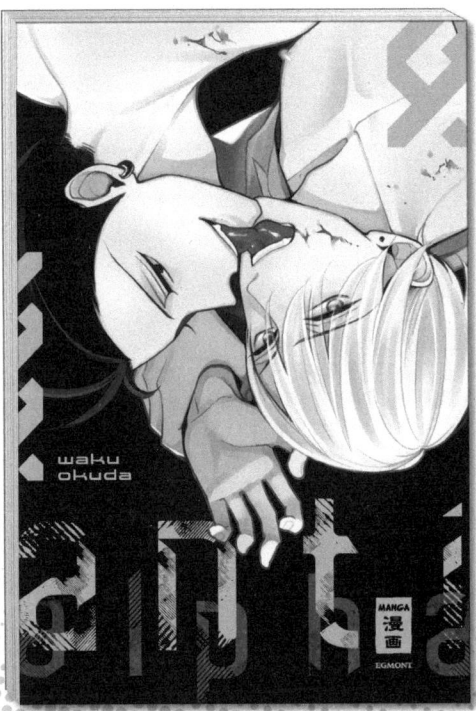

Sena und Kamishiro sind Rivalen an einer Schule für höhere Alphas. Jeder will der Beste sein. Eines Tages erwischt Kamishiro Sena beim Sex. Als er dessen intensive Pheromone wahrnimmt, steigert sich seine Lust gegen seinen Willen ins Unermessliche...

Empfohlen ab 18!

Anti Alpha
Band 1 ISBN 978-3-7704-2681-2
€ 7,50 [D], € 7,80 [A]

MANGA
漫画

EGMONT

www.egmont-manga.de
Unsere Bücher findest du im
Buch- und Fachhandel und auf

EGMONT
Shop
www.egmont-shop.de

„Happy of the End 01" von Ogeretsu Tanaka
Aus dem Japanischen von Monika Hammond
Originaltitel: „Happy of the End" vol. 01

Originalausgabe:
HAPPY OF THE END vol. 01
© OGERETSU TANAKA
Originally published in Japan in 2021 by
TAKESHOBO CO., LTD., Tokyo.
German translation rights arranged with
TAKESHOBO CO., LTD., Tokyo,
through TOHAN CORPORATION, Tokyo.

Deutschsprachige Ausgabe erschienen bei
© 2022 Egmont Manga verlegt durch
Egmont Verlagsgesellschaften mbH,
Alte Jakobstraße 83, 10179 Berlin

2. Auflage 2022

Verantwortliche Redakteurin: Luisa Steinhäuser
Textbearbeitung: Katrin Aust
Gestaltung: Esther Strunck
Koordination: Angelika Schönhuber
Printed in the EU
ISBN 978-3-7704-4385-7

story
house
EGMONT

Die Egmont Verlagsgesellschaften gehören als Teil der Egmont-Gruppe zur
Egmont Foundation – einer gemeinnützigen Stiftung, deren Ziel es ist, die sozialen,
kulturellen und gesundheitlichen Lebensumstände von Kindern und Jugendlichen zu
verbeßern. Weitere ausführliche Informationen zur Egmont Foundation unter
www.egmont.com

SUTOPPU!

Koko wa kono manga no owari dayo.
Hantaigawa kara yomihajimete ne!
Dewa omatase shimashita!
Tanoshii hitotoki wo dozo!

Egmont-Manga-Chiimu

STOPP!

Das ist der Schluss des Mangas.
Fangt bitte am anderen Ende an!
Und nun genug der Vorrede,
viel Spaß beim Lesen!

Euer Egmont-Manga-Team